LETTRE CRITIQUE

OU

PARALELLE

DES

TROIS POEMES EPIQUES ANCIENS,

Sçavoir, l'Iliade, l'Odyssée d'Homere & l'Eneïde de Virgile, avec le Poëme nouveau, intitulé, LA LIGUE, ou HENRY LE GRAND, Poëme Epique. Par M. de VOLTAIRE.

PREMIERE LETTRE.

A Mademoiselle DEL******

Le prix est de huit sols.

A PARIS,

Chez PIERRE PRAULT à l'entrée du Quay de Gêvres, au Paradis.

M. DCC. XXIV.

Avec Approbation & Permission.

LETTRE
CRITIQUE
OU
PARALELLE
DES
TROIS POEMES EPIQUES ANCIENS,

AVEC LE NOUVEAU,

INTITULÉ, LA LIGUE, &c.

ADEMOISELLE,

Vous m'avez fait l'honneur de me demander mon sentiment sur le fameux Poëme Epique de M. de Voltaire, qu'il a intitulé, LA LIGUE, OU HENRY LE GRAND.

Je vais executer vos ordres, autant que mes lumieres pourront me le permettre ; mais avant que d'examiner ce Poëme, il faut, s'il vous plaît, que je vous mette devant les yeux ce que c'eſt qu'un Poëme Epique ; rien ne vous en fera mieux voir le merite, ou les défauts : tout ce que j'auray l'honneur de vous dire le plus ſuccinctement que je pourrai, eſt tiré des Maîtres de l'Art, Ariſtote & Horace, & des meilleurs Auteurs modernes, qui ont écrit après eux ſur le même ſujet.

Le Poëme Epique eſt une fable imitée ſur une action importante de quelques Rois ou Heros, qui eſt racontée en Vers d'une maniere vray-ſemblable, agréable, merveilleuſe, & propre à former les mœurs par de ſages inſtructions qui conviennent à toute ſorte de perſonnes en general & en particulier.

La fable eſt l'ame du Poëme Epique, qui a pour fondement une verité morale, comme dans l'Iliade, on voit qu'Homere a pris pour le fond de ſa fable cette verité, que la méſintelligence des Princes ruine leurs propres Etats : je chante, dit-il, la colere d'Achille, pernicieuſe aux Grecs, qui a cauſé la perte de tant de Heros, le Roy Agamemnon & ce Prince s'étant déſunis.

Pour inſtruire & plaire en même temps, ce grand Poëte a feint cette action generale.

Pluſieurs Princes indépendans les uns des au-tres, s'étoient unis pour faire la guerre à leur Ennemi commun ; le Chef qu'ils avoient élû, fait une inſulte au plus vaillant de toute l'Armée confederée ; ce Prince offenſé ſe retire, & re-

fuſe de combattre pour la cauſe commune : cette
méſintelligence donne de grands avantages aux
Ennemis ; le Prince offenſé en ſouffre luy-même:
ces malheurs les obligent de ſe reconcilier , &
leur reconciliation rétablit leurs affaires , étant
devenus plus ſages à leurs dépens.

Après avoir ainſi feint dans ſon eſprit une action generale ; il l'a miſe ſous des noms de quelques Heros , à qui elle eſt arrivée du moins vrai-
ſemblablement, & il a donné le nom d'Achille au
Perſonnage , ſous lequel il vouloit repreſenter la
Valeur & la Colere ; à un autre qui étoit le General de l'Armée , il a donné le nom d'Agamemnon , & celuy d'Hector au Chef des Ennemis,
&c.

Lorſqu'il a voulu encore dans un autre Poëme
Epique intitulé l'Odyſſée , inſtruire les Princes
de cette verité morale , que l'abſence d'un Roy
hors de ſes Etats , cauſe de grands deſordres,qui
ne finiſſent que par ſon retour ; il a feint cette autre action generale.

Un Roy aïant été obligé de conduire une armée
de ſes Sujets à une expedition étrangere ; après
un glorieux ſuccès , il veut retourner dans ſes
Etats,& y reconduire ſes Sujets;mais pluſieurs ac-
cidens s'oppoſent à ſon retour ; les tempêtes le
jettent en pluſieurs païs differens de mœurs ; ſes
Sujets,qu'il conduit , ſouvent contraires à ſes
ordres , periſſent par leur faute ; les Seigneurs de
ſon Royaume abuſent de ſon abſence , & font de
grands déſordres chez lui ; ils diſſipent ſes biens ,

dreſſent des embûches à ſon fils pour le faire mou-
rir ; veulent contraindre ſon épouſe à choiſir en-
tre eux un mari , lui voulant perſuader que le
Roy ne reviendra point ; mais enfin il retourne ,
& s'étant fait reconnoître par ſon fils, & par quelques autres, qui lui étoient reſtez fideles, il eſt
témoin de l'inſolence de ſes ennemis, il les punit,
& rend à ſon Royaume le repos, & la tranquillité
qu'ils en avoient bannie pendant ſon abſence.

Pour faire joüer cette action ainſi feinte , il a
mis ſon premier perſonnage ſous le nom d'Uliſſe ,
Roy d'Itaque , dont le caractere dominant eſt la
prudence ; les autres Acteurs ſont Telemaque ,
& Antinoüs , &c.

C'eſt par de ſemblables fictions que cet excel-
lent Poëte a rempli ſes deux Poëmes Epiques d'inſtructions utiles ; c'eſt ainſi qu'il a animé ſa fable
d'une verité fondamentale , dont il tire des Epi-
ſodes, qui ſont autant d'Allegories adroitement
menagées, ſans ſortir de ſon ſujet, & pleines de
belles maximes, qu'il inſpire à ſes Lecteurs,com-
me de ne ſe jamais laiſſer abrutir par les voluptez,
comme ceux que Circé changea en bêtes ; de ne
ſe jamais abandonner aux charmes d'une vie
oiſive , où le chant des Syrenes invitoit ; & une
infinité d'autres points de morale neceſſaires pour
la conduite de la vie , dans toute ſorte de conditions ; car les perſonnes du commun ſont auſſi
ſujettes à ruïner leurs affaires par une mauvaiſe
conduite,que les Grands Seigneurs ; tout le mon-
de a autant beſoin des leçons d'Homere , que les

Heros, & chacun est aussi capable d'en profiter ;
c'est autant pour les petits que pour les Grands,
que la morale de l'Ecole, de la Chaire, & de la
Fable enseigne les veritez, qui regardent la conduite de la vie ; c'est par ce grand art qu'Homere
a merité les éloges d'Aristote, d'Horace, de toute l'Antiquité, & encore aujourd'hui de tous
ceux qui se plaisent à la lecture de ses deux Poëmes Epiques, qui doivent servir de modeles à tous
les nouveaux Auteurs, qui veulent écrire dans ce
genre.

Sur l'Iliade, & sur l'Odyssée, dont vous venez
de voir le projet, Virgile mille ans après forma
le plan de son Eneïde à la gloire d'Auguste, & de
toute la Nation Romaine.

Il est necessaire, Mademoiselle, que je vous dé-
veloppe encore cette Eneïde merveilleuse, dont
l'Auteur est plus près de nous, & plus dans le
goût qui regne aujourd'hui ; c'est la difference
qu'en ont faite les Sçavans de nos jours, parce
que les mœurs des Grecs, du temps d'Homere,
étoient plus sauvages & plus grossieres.

Voici la fiction generale, qui avec les veritez
morales que l'Eneïde renferme, fait la fable, &
l'ame de ce Poëme Epique.

Les Dieux sauvent un Prince de la ruïne d'un
puissant Etat, & le choisissent pour conserver la
Religion, & pour rétablir un Empire plus grand,
& plus glorieux que le premier ; ce même Prince
est élû pour Roy par ceux qui étoient restez du
débris de ce Royaume, il les conduit dans les ter-

res, d'où ses Ancêtres étoient sortis, & il s'instruit en chemin de tout ce qui est necessaire pour un Roy, pour un Pontife, & pour le Fondateur d'une Monarchie ; il arrive en ce nouveau païs, & il y trouve les Dieux, & les hommes disposez à le recevoir, & à lui donner des Sujets, & des Terres ; mais un Prince voisin, à qui l'ambition, & la jalousie fermoient les yeux à la justice, & aux ordres du Ciel, s'oppose à son établissement, & est soutenu par la valeur d'un Roy dépoüillé de ses Etats par ses cruautez, & par son impieté ; cette opposition, & la guerre que ce pieux Etranger est forcé d'entreprendre, rend son établissement plus juste par le droit de conquête, & plus glorieux par la victoire, & par la mort de ses Ennemis.

Le Poëte Romain, en composant son Poëme Epique, a voulu donner aux Empereurs Romains, qui commençoient à s'établir en la personne d'Auguste, une instruction qui a deux parties ; la premiere, que la douceur du gouvernement n'est suivie que de bonheur : la seconde, que les regnes tyranniques & violens sont accompagnez de malheurs : il a donc dû faire agir deux personnages, pour soûtenir les deux parties de cette instruction exemplaire ; c'est pourquoi son premier Heros est doux & bon, & sa pieté envers les Dieux, est sa vertu dominante, & l'ame de toutes ses autres belles qualitez : en un mot, Virgile ayant, pour premier Auditeur, Auguste, à qui il avoit envie de plaire, son Heros devoit être, comme ce Prince, un nouveau Monarque,

Fondateur d'un Empire , Legiſlateur , pieux Pontife , & grand Capitaine.

Il a oppoſé à ce premier Heros Turnus ſon
rival, qui eſt ſoûtenu par Mezence, un cruel
tyran ennemi des Dieux & des hommes, qui eſt
chaſſé de ſes Etats pour ſes violences , & qui pé-
rit à la fin.

Pour rendre Enée conforme à la Religion des
Romains, il a feint qu'il étoit venu apporter en
Italie toutes les cérémonies ſacrées , & y établir
les Dieux, que l'on y a depuis adorez , & il a fait
que les Heros Troyens fuſſent les Peres de ſes
Lecteurs d'une maniere très-ingenieuſe & très-
glorieuſe pour eux.

La Religion a toûjours été le motif le plus
puiſſant ſur l'eſprit des Peuples ; Virgile n'a pas
manqué d'y chercher tous les avantages qu'il en
pouvoit tirer, en la mettant pour le premier fondement de ſon deſſein ; il montre que les grands
changemens qui arrivent dans les Etats ſe font
par l'ordre, & la volonté des Dieux, qu'il fait
agir dans ſon Poëme Epique ; que ceux qui s'y
oppoſent ſont des Impies , & qu'ils en ſont
punis comme ils le meritent, parce que le Ciel
prend toûjours ſous ſa protection les Heros qu'il
choiſit pour l'execution de ſes grands deſſeins.

Vous voyez donc, Mademoiſelle, qu'une fable, qui a pour ame une maxime morale , & qui
eſt vrai-ſemblable, grave, importante , où l'on
fait agir les Dieux, & les Heros, qui eſt racontée
en vers, eſt une Epopée, ou un Poëme Epique.

Sans ces conditions , ce sera une autre espece d'ouvrage , qui ne merite pas ce nom d'Epique , comme la Pharsale de Lucain , qui n'est qu'une Histoire en vers.

Homere & Virgile ne sont pas les Poëtes qui ont donné occasion de dire que tous les Poëtes étoient fols , puisqu'il n'y a rien de si sensé , ni de si bien imaginé que leurs Poëmes Epiques , pour l'instruction , & pour le divertissement de leurs Lecteurs. C'est ainsi que Boileau dans son Art Poëtique s'exprime sur ce sujet.

> Auteurs , prêtez l'oreille à mes instructions ,
> Voulez vous faire aimer vos riches fictions ?
> Qu'en sçavantes leçons vôtre Muse fertile ,
> Par tout joigne au plaisant, le solide & l'utile,
> Un Lecteur sage fuit un vain amusement,
> Et veut mettre à profit son divertissement.

Je Crois , Mademoiselle , qu'après ce que je viens de vous mettre devant les yeux , vous voyez clairement comment on s'y doit prendre pour faire un Poëme Epique, qui merite qu'on le lise. Si à l'imitation de ces deux grands Poëtes de l'Antiquité , un Auteur moderne présume avoir assez de force pour entreprendre un Poëme pareil , dans lequel il forme le dessein de celebrer le couronnement d'un de nos Rois, & sa posterité; vous voyez que d'abord il doit avoir dans l'esprit, comme eux , une action generale, choisir un point de morale le plus propre , & le plus juste qu'il puisse imaginer; & pour le persuader, il doit par des Al-

legories adroites joindre l'utile à l'agréable, en
s'accommodant aux Coûtumes, à la Religion, &
aux Mœurs de ses Lecteurs. Mais, comme dit le
Poëte François dans son Art Poëtique,

> Un Poëme excellent, où tout marche & se suit,
> N'est pas de ces travaux qu'un caprice produit :
> Il veut du temps, des soins, & ce pénible ouvrage,
> Jamais d'un Ecolier, ne fut l'apprentissage.
> Mais souvent parmi nous un Poëte sans art,
> Qu'un beau feu quelquefois échauffa par hazard,
> Enflant d'un vain orgüeil son esprit chimerique,
> Fierement prend en main la trompette heroïque,
> Sa Muse déreglée en ses vers vagabonds,
> Ne s'éleve jamais que par sauts, & par bonds, &c.

Comme on sçait que les François qui ont été
divisez de sentimens sur la Religion, se sont attiré
de grands malheurs, je crois, 1°. Que le Poëte
doit prendre pour le fond de sa fable cette verité,
que la difference de Religion dans un Etat est per-
nicieuse aux Sujets, & qu'au contraire l'unifor-
mité procure la paix, & la tranquillité du Prince, & des Sujets. 2°. Qu'il doit rassembler en une
action universelle ces deux grandes veritez, &
feindre en general ainsi son plan.

Un Roy étant plongé dans toutes sortes de vi-
ces, & vivant dans l'indolence, & dans la molesse
aux yeux de ses Sujets divisez de sentimens sur la
Religion; il se forma contre lui une Ligue, qui
avoit pour Chefs quelques Seigneurs ambitieux
du Gouvernement, & dont le dessein étoit d'ex-

clure de la succession à la Couronne, un Prince qui en étoit le seul & legitime heritier, mais qui faisoit profession d'une Religion differente de la leur. Le Roy ayant été malheureusement assassiné, le Prince heritier plein de courage, dont le caractere étoit la bonté, & la justice, soûtint le droit de sa naissance, défit ses ennemis en plusieurs rencontres, embrassa leurs sentimens sur la Religion, entra dans la Capitale de son Royaume, dissipa la Ligue ; & par un effet de sa clemence, il pardonna aux Chefs, qui se soumirent à son obéïssance.

Voilà le plan d'un Poëme Epique, & le Poëte n'a plus qu'à mettre cette action generale sous des noms de Heros, à qui une pareille action pourra être arrivée vrai-semblablement ; il peut la traiter de la même maniere qu'Homere & Virgile, en faisant agir les Dieux avec ses Heros ; M. de Fenelon, Archevêque de Cambray, l'a fait avec succès dans son Roman Epique, dont le Heros est le jeune Telemaque accompagné de Mentor, qui l'instruit de tout ce qui est necessaire pour être le digne heritier de son pere Ulysse, Roy d'Itaque. Par ses fictions charmantes & instructives, ce sage Prélat n'a point eu d'autres vûës que d'inspirer d'une maniere agréable à nos jeunes Princes l'amour de la vertu, & de leur mettre devant les yeux toutes les belles qualitez qui font les bons Rois, & les grands Heros.

C'eſt donc bien vainement que nos Auteurs deceus,
Banniſſant de leurs vers ces ornemens receus,
Penſent faire agir Dieu, ſes Saints, & ſes Prophetes,
Comme ces Dieux éclos du cerveau des Poëtes.

Boil. Art. Poet.

Si au contraire le Poëte la veut traiter ſuivant nos mœurs & chrétiennement, ſans faire agir les Dieux, qui ſont comme les machines du Poëme Epique, qui en font mouvoir tous les reſſorts; Il ne peut faire agir que quelques Divinitez morales, comme la Religion, la Pieté, la Moleſſe, l'Héréſie, la Diſcorde, la Politique, &c. mais je ne crois pas qu'on puiſſe jamais faire un Poëme Epique, qui approche de la beauté de ceux d Homere, & de Virgile, ſans faire agir Jupiter, Junon, Venus, Minerve, Mars, & ſans employer ces noms que les premiers Poëtes, qui étoient les Philoſophes, & les Theologiens du Paganiſme, n'ont employez que pour exprimer les differens attributs d'un Dieu ſeul, qu'ils connoiſſoient ſous ces differens noms, qui ne pouvoient tromper que l'ignorance, & la groſſiereté de la populace Payenne.

La fiction a tant d'attraits pour les Lecteurs, que le nom feint du Heros de Rabelais, leur fait plus de plaiſir, que s'ils liſoient ſon Ouvrage avec le nom de François I. qu'il a voulu peindre.

Si donc M. de Voltaire qui a choiſi pour ſujet d'un Poëme Epique, la Ligue, ou Henry le Grand, veut ſe faire une route nouvelle, & s'éloigner d'Homere & de Virgile; il doit du moins les imiter dans leur fageſſe, & dans le reſpect qu'ils avoient pour leur Religion, & les Miniſtres de leurs cérémonies ſacrées; il doit attacher les François à la lecture de ſon Ouvrage, & ſe gagner leurs applaudiſſemens & leur faveur, en célébrant la vertu de leurs peres, & en leur inſpirant de la veneration pour l'Egliſe Romaine, & de l'amour pour la Religion Catholique, dont ils font profeſſion.

Voilà, Mademoiſelle, en general mon ſentiment ſur les pieces de comparaiſon, qui doivent nous faire juger du Poëme Epique, qu'on voit courir les ruës; il s'agit à preſent de le voir en détail, & d'en examiner l'un après l'autre les neufs Chants, dont le premier commence d'un ton grave.

(Je chante les combats, & ce Roy genereux)

De la même maniere que le Poëte François, d'un ton ironique a commencé ſon Lutrin.

[Je chante les combats, & ce Prelat terrible.]

Mais ce Lutrin eſt continué avec tant d'art, que ce Poëme, qui n'eſt pas Epique, a ſans offenſer perſonne, tout le ſel de la Satyre, avec toutes les graces, & les inſtructions morales de l'Epopée, au lieu que l'Auteur du Poëme Epique de la Ligue, y a mis tout le fiel de la Satyre la plus offenſante, ſans aucunes inſtructions, ni aucun des agrémens du Poëme Epique.

J'ay tant de choſes, Mademoiſelle, à vous faire

observer dans le détail du Poëme de M· de Voltaire : car, comme dit Boileau,

C'est peu qu'en un Ouvrage, où les fautes fourmillent,
Des traits d'esprit semez de temps en temps petillent.

J'ay, dis-je, tant de choses à vous dire sur le nœud, sur le dénouëment, sur les Episodes, sur l'action, sur la narration, sur l'expression, &c. qu'elles me fourniront une assez ample matiere pour la seconde Lettre que j'auray l'honneur de vous écrire au plûtôt. J'attends vos Reflexions sur celles que je viens de faire. Je suis avec un très-profond respect,

MADEMOISELLE,

Vôtre très-humble & très-obéïssant Serviteur, DE BELLECHAUME

JE soussigné, Maistre ès Arts en l'Université de Paris, ai lû par ordre de M. le Lieutenant General de Police, un Manuscrit qui a pour Titre : *Lettre Critique sur le Poëme intitulé*, La Ligue, *ou* Henry le Grand, &c. dont on peut permettre l'Impression. A Paris ce 28. Mars 1724.   PASSART.

PErmis di'mprimer.   A Paris ce 30 Mars 1724.
          RAVOT D'OMBREVAL.

Registré sur le Livre de la Communauté des Libraires & Imprimeurs de Paris, N° 1258, conformément aux Reglement, & notamment à l'Arrest de la Cour du Parlement du 3. Decembre 1705. A Paris le 31 Mars 1724.
          BRUNET, *Adjoint.*